I0550902

ESSAI

SUR

LA SUBSTITUTION DU FRANÇAIS

AU PROVENÇAL

À NARBONNE,

PAR M. BLANC.

Extrait du *Bulletin historique et philologique*, 1897.

Je me propose d'exposer brièvement l'histoire de la substitution du français au provençal à Narbonne telle que nous la fait connaître l'examen de la langue dans laquelle sont rédigés les actes administratifs et judiciaires du XIVe au XVIe siècle, si nombreux dans les archives de cette ville [1]. Je n'aurai donc pas à parler de la décadence de la culture littéraire. La langue des troubadours ayant perdu le prestige qu'assure à toute langue le talent des écrivains qui l'emploient, le parler du Midi ne fut plus protégé contre les causes de déchéance qui tendent à le faire disparaître. Les faits que les textes narbonnais mettent en lumière prouvent cette vérité déjà connue que l'annexion du Languedoc au domaine royal et la centralisation monarchique ont été les causes les plus efficaces de cette déchéance; mais ils nous montrent avec quelque précision comment et à quel moment cette action s'est exercée. Le renseignement a paru devoir être recueilli.

Les textes qui fournissent les matériaux de cette étude se trouvent presque exclusivement dans les registres des clavaires ou rece-

---

[1] Un chapitre fort intéressant de cette histoire serait celui dans lequel on essaierait de marquer les actions et réactions réciproques d'une langue sur l'autre, au point de vue du vocabulaire, de la phonétique, de la morphologie et de la syntaxe. Je laisse de côté, pour le moment, ces questions fort délicates.

M. Blanc.   1

veurs municipaux, les pièces justificatives de leurs comptes, les compois, quelques registres de procédure et quelques chartes. Les registres des délibérations municipales ne nous sont presque d'aucun secours. On ne possède que quelques feuillets d'un registre du XIVe siècle; ils sont d'un haut intérêt historique, puisqu'ils renferment les délibérations prises au lendemain de l'attaque du prince de Galles, en 1355; mais leur langue est le latin. Il n'existe aucun registre de délibérations du XVe siècle. Au XVIe siècle, leur série, à peu près complète, ne commence qu'en 1557; ils sont alors rédigés en français. Rien ne nous permet actuellement de préciser l'époque où la langue vulgaire du Nord a supplanté le latin pour cet objet. On peut cependant supposer que les délibérations n'ont jamais été rédigées dans l'idiome local.

Il y avait, en effet, dans les archives municipales, outre les chartes et les cartulaires, trois sortes de registres particulièrement importants : les registres des délibérations, les compois, les registres des clavaires. En 1355, la langue des premiers est le latin, la langue des compois et des livres de comptes est le provençal. Après cette date, ces derniers n'ont jamais été rédigés en latin et c'est le français qui peu à peu y remplace le provençal. Cette substitution ne s'opère pas en vertu d'une décision de l'autorité compétente, elle est le résultat de la diffusion du français dans la population. Les gens chargés de tenir les comptes ne sont pas seulement des lettrés : avocats ou notaires; ils exercent les professions les plus diverses et se recrutent surtout parmi les marchands et les gens de métier. Il en est de même pour les rédacteurs des compois. Ils écrivent tous dans leur langue maternelle. Au contraire, les registres des délibérations sont tous tenus exclusivement par des notaires et le sont en latin. On ne voit pas pourquoi ils auraient cessé de les rédiger en latin pour adopter le provençal, tandis qu'on sait fort bien pourquoi, au XVIe siècle, ils adoptèrent le français [1]. L'examen de curieux registres de procédure, dont il sera question plus loin, confirmera, du reste, ce que nous disons ici.

Il a paru avantageux de suivre, dans cette brève étude, l'ordre chronologique qui permet de mieux dégager, à mesure qu'on les

_____

[1] Ceci montre qu'il ne faut accepter que sous bénéfice d'inventaire ce que dit M. P. Meyer des archives de Nice (Romania, 1893, p. 418). De ce qu'au XVe siècle les délibérations y sont rédigées en latin, il n'en résulte nullement que les comptes n'y fussent pas tenus en langue vulgaire.

voit se produire, les diverses influences qui ont amené le déclin du provençal.

Le premier document important que nous rencontrons est une curieuse inscription qui a figuré dans une chapelle de l'église Saint-Cosme et se trouve aujourd'hui au musée de Narbonne, dans la salle qui précède la bibliothèque. Elle est gravée en caractères gothiques sur une pierre en marbre blanc de 42×35 centimètres. Après une fleur de lys, on lit ce qui suit :

> en . lan . m.ccc.lviii.
> fit faire . aqueste . chapelle.
> en . peire . guiraut . nadie⸗P
> de . ceiā . marinier . de . nerb
> oōa . alahonor . de . dieu . et . de
> nostra . dona . et . de . s'. ʒ͟ɴ⸺
> elme .

Après le dernier mot se trouvent deux écussons [1]. — Je ne m'arrête pas aux abréviations des lignes 4 et 5 qui ne présentent aucune difficulté : $cei\bar{a} = Cejan$, aujourd'hui Sigean (chef-lieu de canton de l'arrondissement de Narbonne); $nerb\bar{o}na = Nerbonna$. Il est assez difficile de résoudre l'abréviation de la ligne 6, s'. Étant donnée la langue de cette inscription, on ne sait si l'auteur a voulu écrire le français *saint* ou le provençal *sant*. Ce qui est plus obscur encore, c'est le sigle qui termine la troisième ligne; il m'est inconnu. Je suppose une erreur du lapicide qui, voulant graver un *p* avec l'abréviation ordinaire de *pro*, au lieu de prolonger la haste du *p*, l'aura infléchie comme pour un *r*.

Quelle est la langue de cette inscription ? D'intention, au moins, c'est le français, mais le français parlé par un Narbonnais qui n'en a qu'une fort légère teinture. C'est même là ce qui en fait l'intérêt. Le jargon mi-provençal, mi-français dans lequel elle est rédigée atteste les progrès que l'influence du Nord a faits dans le Midi dès le milieu du xive siècle. La première fois que j'ai eu l'occasion de la lire j'en avais conclu que, dès cette époque, à Narbonne, le provençal cédait la place au français. On verra que cette première impression est peu exacte.

---

[1] Cette inscription a déjà été publiée par M. L. Narbonne dans le *Bulletin de la Commission archéologique de Narbonne*, 1894, p. 7. A la ligne 3, M. Narbonne a lu *guiraud*, la pierre a *guiraut;* il lit *nadier*, la pierre a *nadie* suivi d'un sigle sur lequel je reviendrai tout à l'heure.

L'influence française se montre dans les mots suivants que je cite dans l'ordre où ils se trouvent dans l'inscription :

Fût est exclusivement français.

Faire se trouve dans le provençal classique aussi bien qu'en français, et a subsisté à Narbonne comme dans beaucoup de dialectes à côté de *far*; je ne l'ai cependant rencontré dans aucun texte narbonnais antérieur au xv° siècle; tous ceux que j'ai eu l'occasion de lire donnent *far*, sauf un acte de 1327 et un de 1329 qui ont la forme *fayr*. Je trouve *faire* pour la première fois dans des quittances de 1439 et de 1444, *far* restant à cette époque beaucoup plus usité [1].

Aqueste, adjectif provençal dont la terminaison a été francisée.

Chapelle, pur français; la forme narbonnaise serait *capela*.

Nadie est évidemment le mot *nadieu* (*nativus*) fréquent dans les textes narbonnais. L'auteur de l'inscription aura remarqué que les posttoniques françaises ont un son plus éteint que les posttoniques provençales et il aura cru franciser ce mot en supprimant dans la triphtongue la dernière partie sur laquelle ne portait pas l'accent.

Si l'interprétation que j'ai donnée tout à l'heure du sigle qui termine la ligne 3 est exacte, il a la valeur de *pro* et l'on peut admettre que l'auteur de l'inscription aura cru franciser le mot *prop* en supprimant son *p* final. Resterait à expliquer cette locution un peu singulière : *nadieu prop de Cejan.*

L'*e* de *Nerbonna* est dû aussi à l'influence française. (On pourrait peut-être en dire autant des deux *n*.) Les textes conservés aux archives de Narbonne présentent des exemples assez anciens de cette forme, mais tous appartiennent à des documents écrits en une autre langue que le provençal et rédigés hors de Narbonne. Les plus anciens, à ma connaissance, sont dans des documents latins écrits à Gênes en 1224 et à Pise en 1225. Cette forme est la plus fréquente dans les actes écrits en français et elle est parfaitement régulière. Elle ne se rencontre dans des textes en dialecte narbonnais qu'à partir du xv° siècle et, même alors, elle est assez rare.

Les autres mots de cette inscription sont ou bien communs au provençal et au français, ou bien exclusivement provençaux.

Est-il possible de savoir à quelle influence a obéi Peire Guiraut quand il s'est efforcé de rédiger son inscription en français? Cette

---

[1] On trouve *fayre* dans la rubrique d'un acte de 1232 transcrit au f° 49 v. du cinquième thalamus des archives communales de Narbonne; mais la langue de cette rubrique est évidemment celle du xvi° siècle.

inscription elle-même nous apprend qu'il était marinier. Dans un acte de 1366, il est rangé parmi les familiers de l'un des seigneurs ayant juridiction temporelle à Narbonne. Ces seigneurs sont l'archevêque, le vicomte de Narbonne et l'abbé de Saint-Paul. Je suis porté à croire que notre marinier était attaché à la maison du vicomte Aimery VII qui avait un goût particulier pour les choses de la mer et exerça pendant quelques années la charge d'amiral de France. Aimery VII, qui avait reçu en don du roi une maison à Paris, qui était même apparenté à la famille royale, a fait de longs et fréquents séjours dans le nord de la France. Ces séjours exerçaient certainement leur influence sur le parler de son entourage. Que P. Guiraut ait suivi à Paris son maître, l'amiral, ou qu'il soit resté à Narbonne, il a subi cette influence. Il n'a guère réussi à s'approprier le parler de l'Île-de-France, mais il a quelque prétention de ce chef. Cette langue doit lui paraître supérieure à la langue parlée autour de lui. C'est celle de son maître s'adressant au roi ou aux grands seigneurs du Nord. Le vicomte ne parle narbonnais qu'avec ses inférieurs ou quand il est à Narbonne, et même alors, avec les hauts fonctionnaires que le roi envoie dans la province, c'est en français qu'il doit s'entretenir le plus souvent. Le français participe au yeux de l'humble familier de la dignité de ceux qui le parlent, et, quand il veut témoigner sa reconnaissance à la Vierge et à Saint-Elme, ses protecteurs dans les périls de la mer, le français est la langue qu'il croit devoir employer. Sa langue maternelle tombe au rang de vulgaire patois.

Cette inscription nous permet ainsi de saisir sur le vif une des causes qui ont amené la déchéance des parlers provinciaux, je veux dire l'habitude prise par l'aristocratie de parler la langue de la capitale. Les tendances égalitaires de notre démocratie, au lieu d'entraver l'action de cette cause, n'ont fait que la rendre plus puissante encore par des raisons bien aisées à comprendre. Mais ce n'est pas le lieu d'insister sur ce point. Au milieu du xive siècle, cette influence-là n'agissait pas bien énergiquement encore. La petite noblesse vivant dans ses terres ou dans les villes, fréquentant surtout la bourgeoisie, au sein de laquelle elle se recrutait, ne semble pas l'avoir subie. Elle s'est surtout fait sentir sur l'entourage immédiat des nobles qui ont eu l'occasion de faire auprès du roi des séjours plus fréquents. En réalité, Peire Guiraut est singulièrement en avance sur ses concitoyens.

M. Blanc.

Au xive siècle, ce sont d'autres causes qui permettent au français de faire sentir son influence. A cette époque, pas plus la chancellerie royale que celle des lieutenants du roi chargés du gouvernement du Languedoc n'employait exclusivement le latin pour la rédaction des ordonnances ou des mandements adressés aux populations méridionales. Plusieurs de ces actes sont rédigés en français. Ce n'est pas en français qu'ils pouvaient être communiqués au public, ni même aux municipalités, recrutées, cependant, en grande majorité dans la bourgeoisie. Le français restait une langue étrangère. On traduisait donc ces actes en provençal, exactement comme on le faisait pour ceux qui étaient rédigés en latin. Ceci implique qu'un certain nombre de méridionaux avaient une connaissance sérieuse du français. Mais ce nombre devait être assez restreint. Avait-on à lire en public un acte en latin ou à en donner connaissance à des gens peu lettrés, on se bornait à en donner une traduction orale. Celui qui ne pouvait comprendre l'original était toujours assuré de trouver quelqu'un en état de le lui expliquer. On n'avait pas la même certitude pour les actes français. Dans les archives de Narbonne, si riches en documents du xive siècle, je n'ai pas trouvé de traduction provençale d'ordonnances ou de mandements latins [1], mais bien celle d'ordonnances ou de mandements français. Ainsi, elles possèdent la traduction en provençal des ordonnances de Philippe le Bel du mois de juin et du 25 août 1313 [2], concernant les monnaies. On sait que ces documents ont été rédigés en français. Leur traduction servit à la publication qui en fut faite à Narbonne le 12 juillet et le 7 septembre 1313. Les actes royaux étaient publiés en présence d'un officier royal, par un notaire assisté d'un crieur public. Le notaire lisait l'acte latin ou français et le traduisait en provençal; le crieur public répétait au fur et à mesure cette traduction à haute voix, *voce preconia*. Procès-verbal était dressé par le notaire. Il est fort probable que le notaire chargé de publier ces ordonnances n'avait pas une connaissance suffisante du français et qu'il se servit d'une traduction faite au préalable par écrit.

[1] Je ne parle pas, bien entendu, des actes traduits en provençal dans les 3e, 6e, 8e thalamus et spécialement nombreux dans les 7e et 10e. Ces traductions avaient été faites pour permettre aux consuls de se renseigner par eux-mêmes toutes les fois qu'ils en avaient besoin, sans qu'il fût nécessaire de recourir au notaire du consulat.

[2] *Ordonnances*, I, 518, 525, 527. — Voir Appendice I.

Les archives de Narbonne possèdent encore la traduction de deux lettres du roi qui ont trait à l'ordonnance du 11 mars 1332 relative à la révocation de la gabelle des draps[1]. Nous ne savons à quelle occasion cette traduction fut faite, mais le document qui la renferme prouve d'une manière bien évidente ce que nous avançons : à Narbonne, la connaissance du français était alors bien moins répandue que celle du latin. En effet, dans l'original, les deux lettres du roi sont en français et l'ordonnance de révocation est en latin; dans le document narbonnais, on n'a traduit en provençal que les deux lettres françaises et on a simplement transcrit l'ordonnance en latin.

Non seulement le nombre des lettrés connaissant assez bien le français pour le traduire en provençal était restreint, mais on peut affirmer que leur connaissance du parler du Nord, tout en étant plus sérieuse que celle du marinier Peire Guiraut, était loin d'être parfaite. Je n'en veux pour preuve que les formes provençales qui se rencontrent assez souvent, non pas seulement dans les actes qu'ils traduisent du provençal ou plutôt du latin en français, mais dans ceux qu'ils se bornent à transcrire, où ils font un simple métier de copistes. Il me suffira de citer les fautes relevées dans la transcription des lettres de Philippe VI nommant les commissaires chargés de faire une enquête sur la gabelle des draps. Ces lettres, ainsi qu'on vient de le voir, sont du 11 mars 1332; l'original est aux archives de Narbonne, et leur transcription figure dans le procès-verbal qui fut dressé de la publication de cette révocation, le 1er mars 1333. On y lit : de la dita sen^{cie} disanz tout lo contraire (dite sen^c... le)[2] — pour savoir a la quale chose (quele) — per mi la somme (parmi la dicte somme) — vous mandans et cometons per la teneur (mandons et conmettons p[3]) — et distrubuez (distribuez) — en la milor (meilleur) — contradisanz (contredisanz) — que nous ou et nouz devansier (nous ou noz devanciers) — quatre ou trois o deus (ou trois ou deus) — puissont (puissent) — per la teneur (par) — touz nouz justiciers (noz) —

[1] Appendice II. Voir *Ordonnances*, II, 89. Dans ce recueil on trouve, outre l'ordonnance de révocation, en latin, des lettres de commission en français, datées du 11 mars 1331 (1332 n. st.); les documents conservés à Narbonne renferment, de plus, des lettres de Philippe VI datées du 11 janvier 1334 (1335 n. st.) prescrivant au sénéchal de Carcassonne d'assurer aux habitants de la sénéchaussée la jouissance de cette révocation; elles sont aussi en français.

[2] Je donne entre parenthèses les leçons de l'original.

[3] La haste du *p* est barrée.

2.

a chascun d'els (d'euls). — Il serait aisé de multiplier de semblables exemples.

Ce n'est pas seulement par la nécessité où l'on était de traduire en français les termes des actes royaux que le dialecte du Nord pénétrait en Languedoc. Les agents les plus efficaces de cette pénétration étaient les fonctionnaires royaux. Ces officiers étaient souvent étrangers à la région qu'ils administraient. Les agents qu'ils recrutaient dans le pays apprenaient tant bien que mal la langue parlée et écrite par leurs supérieurs. C'était eux que les villes choisissaient de préférence lorsqu'il fallait envoyer des députés auprès du roi ou se faire représenter devant le Parlement de Paris. Or, il arrivait très souvent aux villes de se trouver dans cette nécessité, elles se ruinaient en procès.

Il ne faudrait pas cependant s'exagérer l'importance de cette action. Elle ne dépassait pas au début un cercle fort restreint, celui des agents subalternes en rapport immédiat avec les officiers royaux. Il ne faudrait pas croire non plus que ces agents subalternes en vinrent de bonne heure à rédiger en français les actes de leur ministère. Ils lisaient le français, l'expliquaient au besoin à leurs concitoyens, mais restaient incapables de l'écrire. Ils se bornaient à introduire au milieu d'une rédaction purement provençale une formule toute faite qu'ils avaient eu fréquemment l'occasion de lire ou d'entendre répéter [1]; ils modifiaient l'orthographe de certains mots en la rapprochant de celle qui était la plus usuelle en français. Ainsi, par exemple, ils ont contribué à faire prévaloir la graphie *ou* pour représenter l'*o estreit*.

En voici un exemple. On sait que Jean Chauchat fut receveur général dans les trois sénéchaussées de Languedoc de l'amende de 800,000 francs d'or infligée à cette province par le duc de Berry en 1384. Il avait choisi pour son lieutenant dans la viguerie de Narbonne un homme du pays, Ramon Andrieu. Nous avons des quittances de l'un et de l'autre datées du mois de juin 1386 [2]. Celles de J. Chauchat sont en français; celles de R. Andrieu sont en provençal, mais se terminent par une formule dans laquelle entrent des mots français. C'est une de ces formules qui reviennent ordinairement à la fin des actes de ce genre, dont R. Andrieu

[1] Le traducteur des pièces de l'Appendice II semble avoir subi une influence analogue.
[2] Appendice III.

avait, par suite, l'habitude, et qu'il essaie de reproduire sans trop y réussir. En outre, le substantif *or* (*aurum*) qui, dans les textes purement narbonnais de cette époque est toujours écrit *aur*, l'est par R. Andrieu tantôt *aur* et tantôt *or*; au lieu de *sotz* (*subtus*) il écrit volontiers *soutz*, et au lieu de *jorn*, *journ*. Non pas que la graphie *ou* pour *o estreit* fut alors absolument étrangère aux textes narbonnais. On en trouve même un exemple dans un cartulaire dont la rédaction a été commencée en 1256, je veux parler du troisième thalamus [1]. Au folio 13 se trouve le mot *dejous* (*de juxta*) dans une rubrique qui remonte probablement à 1256 et n'est certainement guère postérieure à cette date, Mais pour R. Andrieu il suffit de relire sa quittance pour être convaincu que s'il emploie cette graphie c'est parce qu'il a l'habitude de la rencontrer dans les pièces en français qu'il a l'occasion de lire.

Le Parlement de Paris faisait sentir son influence dans le même sens, et l'on en trouve quelques preuves, assez rares, il est vrai, dès la fin du XIVe siècle. Pour suivre leurs nombreux procès, les villes pensionnent un certain nombre de procureurs près du Parlement. La correspondance avec ces agents peut se faire en latin, mais la langue vulgaire n'est pas dans ce cas hors d'usage. Je n'ai pas cependant de textes permettant d'affirmer que de Narbonne on leur ait écrit en français avant le XVe siècle. En revanche, on possède diverses pièces de procédure fort longues rédigées en français en 1382 et dans les années suivantes. Bien qu'elles soient écrites au nom des consuls de Narbonne et qu'elles renferment l'énumération de leurs griefs, le français n'y est pas mélangé de provençalismes; on peut donc être certain qu'elles ont été rédigées à Paris, ou tout au moins qu'elles y ont été traduites. On verra tout à l'heure que l'on procédait encore ainsi en 1405. Ce qui me frappe, c'est que l'on possède jusqu'à trois et quatre expéditions de ces longs documents et qu'on n'en trouve pas une traduction en provençal. N'est-on pas autorisé à conclure qu'entre 1333 et 1382 la connaissance du français s'était sinon généralisée, du moins fort développée parmi les gens lettrés? Les notaires capables de lire un texte français devaient être plus nombreux. Cependant le nombre de ceux qui pouvaient écrire dans cette langue restait toujours fort restreint. En 1405, les consuls de Narbonne, voulant envoyer des

[1] Archives de Narbonne, AA, 10.

requêtes aux réformateurs généraux qui se trouvaient au Puy, demandent à Ar. de Lupaut, de Carcassonne, de les leur faire traduire du latin en français et de leur en remettre deux copies[1]. La somme allouée pour ce travail est payée, qu'on le remarque bien, non pas à un notaire de Carcassonne, mais au clerc des réformateurs généraux. Cette même année, cependant, une requête rédigée en français part de Narbonne pour Paris, mais précisément parce que ce n'était pas là l'usage, le clavaire qui relate ce fait y insiste : « Una suplication faita en franses que portet en Fransa escryta en franses[2]. » Tout ceci montre bien que lorsqu'on envoyait à Paris des actes qui devaient être présentés en français aux représentants du pouvoir, on les rédigeait en latin; c'était à Paris même que s'en faisait la traduction en français.

L'influence du Parlement se faisait encore sentir par les agents chargés d'exécuter ses décisions. Cette action, qui n'est pas sans analogie avec celle qu'exerçaient les officiers royaux, présente cependant avec elle des différences importantes. Ici, ce sont des agents subalternes, sergents et huissiers, qui entrent en contact avec des couches de population plus diverses. Ils sont souvent originaires du Nord; quand ils emploient la langue vulgaire, c'est du français qu'ils se servent. Il arrive à certains d'entre eux de ne rester dans la province que le temps nécessaire pour accomplir leur mission, et il est clair que, dans ce cas, leur influence ne saurait se faire sentir. Mais on en trouve qui se fixent dans le pays. Ces agents sont en rapport direct et permanent avec toutes les classes de la population : par leur situation sociale avec les gens de métier, et par leurs fonctions avec la bourgeoisie qui dirige les affaires municipales et à qui la fortune permet le luxe des procès en Parlement. Or, quelque modeste que soit leur situation, ils n'en représentent pas moins un des plus grands pouvoirs de l'époque, et leur langue participe de la considération que l'on a pour ce pouvoir. Il est bien vrai que le milieu dans lequel ils vivent réagit sur eux; le provençal y est seul en usage, ils l'apprennent et arrivent à le parler et à l'écrire à peu près comme les gens du pays, non toutefois sans y mêler quelques formes françaises. Par contre, on ne tarde pas à voir la bourgeoisie s'efforcer de parler la langue des

[1] Appendice IV. — La lettre des consuls renferme cependant quelques provençalismes, en particulier dans la suscription.

[2] Appendice IV.

agents du pouvoir politique ou judiciaire, mais comme le milieu dans lequel elle se trouve agit aussi sur elle, elle n'arrive à parler et à écrire qu'en un provençal francisé.

Ces changements se produisent au cours de la première moitié et surtout après le premier tiers du xvᵉ siècle. On voit en 1439 un avocat de Montpellier, Jacques Bedos, plaider en français, à Montpellier, devant les réformateurs généraux de la province. Quand il écrit aux consuls de Narbonne il se sert du français. On peut être certain qu'il n'ignorait pas le provençal, mais il dédaignait sans doute de l'écrire et il était sûr que sa lettre serait comprise. Je soupçonne fort cet avocat montpelliérain d'avoir fait un long séjour à Paris; il a francisé son prénom. Le clavaire narbonnais, dont le registre est en pur dialecte local, l'appelle *Jaques* Bedos et c'est ainsi qu'il signe lui-même [1]. A cette même date, un huissier du Parlement, Jehan Duplessis, dont le nom n'a rien de méridional, délivre au clavaire une quittance en pur français. Elle est tout entière écrite et signée de sa main. Cet huissier se fixe dans le pays. En 1445, on trouve une autre quittance écrite et signée encore par lui au dos d'un compte qu'il a présenté au consulat. Dans cet intervalle il a appris le provençal, car compte et quittance sont en cette langue, à part quelques formes françaises [2].

Est-ce aussi un Français du Nord établi dans le Midi que Esteve Dupuis, notaire de Narbonne, dont nous avons une quittance [3] où le français et le provençal sont aussi mêlés que dans son nom? Il est difficile de le dire, mais quelle que soit son origine, sa quittance n'en est pas moins précieuse pour le sujet qui nous occupe. S'il est venu du Nord, comme semble le prouver la forme française qu'il donne à son nom de famille, il est avéré qu'en 1444, un notaire dont la langue maternelle est le français et qui sait médiocrement le provençal croit pouvoir s'établir utilement à Narbonne. Or les notaires rédigeaient bien la plupart de leurs actes en latin, mais ils en rédigeaient aussi un certain nombre en langue vulgaire, et ils étaient dans l'usage de donner lecture en langue vulgaire des actes rédigés en latin à tous ceux qui n'entendaient pas cette langue. Il faudrait admettre que Esteve Dupuis faisait ces lectures en français et que la connaissance du français était alors fort répandue à Narbonne. C'est bien peu vraisemblable. Je serais

[1] Appendice VII.
[2] Appendices VI et XIII.
[3] Appendice X.

plutôt porté à croire que Esteve Dupuis est Narbonnais, ou du moins qu'il appartient à une famille originaire du Nord et établie à Narbonne; le dialecte narbonnais est sa langue maternelle, mais il lui arrive, à lui plutôt qu'à tout autre de ses confrères, de chercher à rédiger ses quittances en français. La lecture de sa quittance me semble confirmer cette dernière hypothèse, surtout ce fait que la plus grande partie de ce document est en français, y compris le nom de famille du rédacteur, dont le prénom garde la forme provençale. L'usage, en langue vulgaire, est de conserver les noms propres tels quels; on tâche de les écrire comme on les entend, à moins qu'ils ne soient fort usités dans le pays sous une forme peu différente; c'est alors cette dernière forme qu'on leur donne. Aussi, lorsque le clavaire de 1444 inscrit sur son registre un article concernant l'huissier Jehan Duplessis, il écrit bien *Johan* au lieu de *Jehan*, mais il ne traduit pas *Duplessis* en provençal, il écrit *Duplisy* ou *Duplissis*. Dupuis, qui signe, selon l'usage des notaires de son temps, en traduisant son nom en latin *de Puteo*, se garde bien de prendre dans le corps de la quittance le nom provençal *Delpotz* [1] qu'il savait être la traduction de *de Puteo*, il s'appelle *Dupuis*; s'il y prend le prénom d'*Esteve* dont la prononciation diffère tellement de celle d'*Estienne* [2], c'est parce que c'était bien là la forme habituelle donnée à son prénom. Originaire du Nord, il aurait eu l'habitude d'écrire son nom *Estienne Dupuis* et il n'en aurait pas traduit une moitié en provençal pour conserver à l'autre la forme française. Nous pouvons donc conclure que la langue maternelle de ce notaire est le provençal, qu'il tâche d'écrire en français, y réussit mieux que le marinier de 1358, mais est loin d'arriver à la correction. Le français, aidé peut-être dans ce cas particulier par des

[1] Le clavaire de 1446 au folio 166 *bis* l'appelle *Esteve Delpotz, notary ryal*, par dérogation à l'usage dont il vient d'être question.

[2] La forme *Estienne* était loin d'être inconnue à Narbonne, mais elle ne s'appliquait qu'à des personnes étrangères à la région; exemple : «maistre Estienne Petit», trésorier général de Languedoc (Reg. du clavaire de 1459, f° 108 v°). — Un phénomène qui est analogue de tous points à celui que je signale ici et confirme mes conclusions se produit au milieu du xvi° siècle, au moment où le français remplace définitivement le provençal comme langue vulgaire écrite. Un registre de 1541, conservé aux archives de Narbonne, donne des listes de noms d'ouvriers; le prénom est souvent français, mais le nom de famille reste provençal : Jehan de la Vallongue, Michel Jalabert, Arnaud Combocavo, Pierre Lacombo. D'autres listes dans le même registre ont encore Johan, Miquel, Peire. En somme, la forme du nom de famille est celle qui est la plus persistante, et on en voit aisément la raison.

souvenirs de famille, a fait de sensibles progrès dans la bourgeoisie.

En a-t-il fait d'aussi grands parmi les gens de métier? On serait tenté de le croire à la lecture de quelques quittances ou mémoires écrits en français à la date de 1439 et de 1444, et qui sont de la main d'un potier d'étain, d'un serrurier, d'un verrier, d'un loueur de chevaux [1], mais on serait certainement victime d'une illusion. A de bien rares exceptions près, tout le monde écrit alors en provençal : consuls, clavaires, marchands, notaire du consulat, notaires rédigeant des quittances pour leur propre compte ou pour celui des gens illettrés [2]. Ce fait nous est attesté par les registres des clavaires et par des centaines de quittances, le tout en provençal. On ne comprendrait guère que quatre artisans eussent été assez prétentieux et assez instruits pour écrire en français et en un français qui, sans être exempt de formes provençales, en contient moins cependant que la quittance du notaire Esteve Dupuis. Ces gens de métier étaient certainement étrangers au pays. Le fait est indiscutable pour l'un d'eux, Jehan Lourel, potier d'étain. On le voit figurer en 1435 dans la liste des nouveaux habitants [3]. Je ne puis

[1] Appendice V, VIII, XI, XII.

[2] Je n'ai rencontré, faisant exception à cette règle, que des pièces écrites par des étrangers au Languedoc et la quittance d'Esteve Dupuis. Quant aux notaires, ils rédigent les quittances tantôt en latin, tantôt en provençal; s'ils remplissent la charge de clavaire, ils tiennent leurs comptes en provençal.

[3] Comptes du clavaire de 1435, f° 115 v°. Il est vrai que le clavaire écrit son nom Johan Laures, mais il n'est pas douteux que c'est de Jehan Lourel qu'il s'agit. Le nom de Lourel était inconnu à Narbonne et, par suite, on l'écrivait de façons assez diverses, certains le confondant avec des noms qui leur étaient plus familiers. Il habite dans la Cité, île *de la Crotz*, et paye ses contributions sur un *tal* de 8 grains 1/2; le nom provençal de sa profession est *estanhier*. A partir de 1437, il a acquis droit de cité narbonnaise, ne figure plus dans les comptes des clavaires parmi les nouveaux habitants, mais bien à sa place. dans son quartier. Le clavaire de 1437 inscrit au folio 26, *isla de la Crotz* : « Johan Lures, estanhyer, tal 8 gr. 1/2 »; celui de 1438, f° 16 v°, même île, même tal : « Jhon Lauzes, estanhier », ce qui est, sauf le changement alors si fréquent de *r* en *z*, la forme adoptée par le clavaire de 1435; celui de 1439, même île, même tal : « Jon Lures, hestanhia », et dans ses comptes de dépenses, à la date du 22 mars, il dit : « Ey pagnat a Jon de Husson, hestanhia de Sieutat, per so que estanhet las masas dels hescudias he adobet las catre pintas del cossolhat, que monta tot qinze s. », ce qui est bien conforme à la quittance donnée à l'appendice et signée Jehan Lourel. L'indication Jon de Husson porterait à croire que ce potier d'étain était originaire de Husson à 11 kilomètres de Mortain (Manche).

M. Blanc.   3

fournir la même preuve pour les trois autres, mais qu'on relise le mémoire de Mr Jehan Comini, serrurier du Bourg, que l'on remarque que ce mémoire se termine par un *constat* du notaire du consulat rédigé en pur provençal, et l'on restera convaincu que ce serrurier, comme le potier d'étain, est étranger au pays. Il ne peut qu'en être de même du verrier, Benezist Taborel, et du tailleur, Denis Camart, qui loue des « rousins pour les besonnges du consulat ».

Ces artisans ne semblent pas faire effort pour apprendre le provençal, ou du moins pour apprendre à l'écrire. Ils n'ont pas l'instruction nécessaire pour conserver dans toute sa pureté leur langue maternelle et apprendre comme une langue distincte celle qui est parlée autour d'eux. Le fond de leur langue reste bien français, mais des formes provençales ne tardent pas à s'y mêler, toujours plus nombreuses à mesure que leur séjour dans le pays se prolonge. C'est ainsi, du reste, que se passent les choses encore aujourd'hui. J'ai connu dans mon enfance, dans une commune de l'Hérault, un cantonnier originaire d'Emblay (Loir-et-Cher). Il n'avait guère appris le patois local et n'avait pas oublié son dialecte maternel; il faisait des deux un mélange qui nous réjouissait fort. Il nous disait, par exemple : « J'ai vu une lèbre traverser le camin [1] ». Son nom était même devenu proverbial. Il servait à désigner le langage des gens du pays qui, à même d'entendre le français, étaient incapables de le parler, se piquaient cependant de répondre en français à ceux qui leur adressaient la parole dans cette langue et ne faisaient guère qu'affubler des mots provençaux de terminaisons françaises. S'il en est ainsi encore aujourd'hui pour un nombre de personnes qui va toujours en diminuant, mais qui est encore considérable, même dans la nouvelle génération passée tout entière par l'école, que devait-ce être au xve siècle? Il est bien évident que l'artisan de cette époque qui écrit en français à Narbonne ne saurait être originaire du Midi. Si ces artisans rédigent leurs quittances et leurs mémoires en français et ne les font pas rédiger en pur provençal par des gens du pays, c'est qu'ils sont bien assurés d'être compris. Ceci corrobore la conclusion à laquelle les faits déjà relatés nous conduisaient. Vers le milieu du xve siècle, la connaissance du français a fait dans le Midi des progrès importants. On ne le parle pas, on ne l'écrit pas encore; mais on l'entend pour

[1] J'ai vu un lièvre traverser le chemin. — Il prononçait *kamé*.

peu que l'on ait reçu quelque instruction. Ces artisans ne contribuent pas cependant beaucoup à la diffusion du français; ils sont peu nombreux et subissent l'influence du milieu dans lequel ils se trouvent plutôt que de créer eux-mêmes un nouveau milieu. On peut croire qu'au lieu de propager autour d'eux la connaissance du français, ils apprennent la langue qui est celle de tous leurs clients. Quand ils veulent écrire, il est vrai, ils emploient plus volontiers le français, leur langue maternelle; mais les formes provençales leur sont devenues tellement familières qu'à leur insu elles se glissent sous leur plume.

En fait, c'est le pouvoir politique et le pouvoir judiciaire qui sont les plus puissants agents de propagation du français. La noblesse, la bourgeoisie, l'église sont les premières à subir cette influence. Une culture littéraire puissante ne soutient plus le parler populaire, et tout ce qui a une part de considération va le dédaignant toujours plus. Cependant, comme on a pu s'en rendre compte par ce qui précède, le français ne se propage qu'avec lenteur. Voici de nouvelles preuves de ce fait. Jusqu'au milieu du xve siècle, les registres des clavaires ont été rédigés en un provençal où l'on ne remarque pas de traces de contamination française. Après 1458 seulement, à côté de registres où l'influence française ne se fait nullement sentir, on en trouve quelques autres où elle est évidente, et le nombre de ces derniers va en se multipliant, surtout dans le dernier quart du siècle [1]. On en trouvera à l'appendice des exemples empruntés aux clavaires de 1459, 1486, 1490, 1492, 1498, 1499 [2].

Il n'en est pas de même des compois. Ils sont rédigés en provençal jusque vers le milieu du xvie siècle; le premier que l'on essaie de rédiger en français est de 1549. Cela tient sans doute à ce que le registre du clavaire est une œuvre individuelle dont la langue est en rapport avec le degré de culture de celui qui le rédige. Il suffit qu'il soit compris de l'administration municipale et des vérificateurs des comptes. Il en va tout autrement des compois, œuvre collective. La langue dans laquelle ils sont écrits doit être com-

[1] On sait que les fonctions de clavaire, ou trésorier municipal, étaient annuelles. Ces agents se recrutaient dans les diverses classes de la population. On trouve parmi eux des notaires, des marchands, des gens de métier. Appendice XIV.

[2] Appendice XV, XVII.

3.

prise des moins instruits de leurs rédacteurs; ceci est de toute évidence. Mais ces registres sont mis à la disposition du public et par suite ils doivent être écrits dans la langue la plus usuelle. C'est par la même raison que les actes concernant l'administration consulaire se rédigent en provençal lorsqu'ils intéressent le grand public. Il en est ainsi des criées, par exemple. Je ne connais pas de criée postérieure à 1470, mais à cette époque, la paix conclue par Louis XI avec l'Angleterre fut proclamée en provençal dans les rues de Narbonne. Les baux consentis par la ville sont rédigés tantôt en provençal, tantôt en latin, au moins jusqu'en 1534 [1]. La *Recherche du diocèse de Narbonne*, datée de 1537, est en entier en provençal [2].

Il semble cependant que dès le XVe siècle l'usage s'introduisait, même dans les villages du Narbonnais, d'écrire en français aux officiers royaux. C'est ce que tendrait à prouver une lettre du baille vicomtal de Fabrezan au viguier royal de Narbonne en date du 8 février 1475 [3]. Dans cette lettre les formes purement provençales ne sont pas rares; d'autres plus nombreuses sont en un français déformé par le provençal. Cependant, même vers la fin du siècle, c'est le provençal que l'on continue à écrire le plus ordinairement. Une convention conclue en 1495 entre les consuls de Narbonne et les seigneurs de Montredon, de Botonet et d'Ornaisons est en provençal [4]. Les vérificateurs des comptes du clavaire de 1499 n'ont subi que bien peu l'influence française. Aussi, bien que les registres des clavaires du XVIe siècle purs de toute contamination deviennent toujours plus rares à mesure que les années s'écoulent, n'y a-t-il pas lieu de s'étonner s'il faut aller au delà du milieu du siècle pour voir le provençal définitivement supplanté par le français dans ces registres ou dans les autres actes de la vie municipale. Les exemples que nous empruntons à un registre de 1541 attestent la déchéance profonde du provençal [5]. Quelques années plus tard, en 1560, on n'ose même pas rédiger en provençal les procès-verbaux des gardes champêtres [6]; mais dans quel

[1] Arch. de Narb., BB, 56.
[2] C'est une sorte de cadastre.
[3] Appendice XVI.
[4] Arch. de Narb., 3e thal., fol. 72 v°. Annexes à l'inventaire de la série AA p. 403.
[5] Appendice XVIII.
[6] Appendice XIX.

singulier français on les écrit ! On se montre au moins aussi maladroit que l'était Peire Guiraut deux siècles auparavant. En 1570 on écrira encore dans un registre de dépenses de l'hôpital Saint-Paul rédigé en français : « Despence pour collar et pressar le vin de deux tinades ». L'acte officiel le plus récent en provençal me paraît être un tarif de denrées arrêté par les consuls le 26 septembre 1553 [1]. On trouve bien dans les Archives des pièces en provençal de 1555, mais ce sont des mémoires de marchands de grains qui ont fourni du blé à la ville. Les archives de l'abbaye de Saint-Paul de Narbonne possédaient un levoir de 1555 en provençal [2]. Dans les villages du Narbonnais l'emploi du dialecte local dans les documents officiels a persisté plus longtemps. Les archives d'Ouveillan [3] possèdent deux levoirs en provençal dont on n'a pu déterminer la date précise, mais qui ne sont certainement pas antérieurs à 1592.

De tout ce qui précède il ressort bien évidemment qu'à Narbonne, au début du xvie siècle, nombre de personnes entendaient le français; il ne faudrait pas en conclure que l'habitude de le parler fût très répandue. Un document de 1514 nous permet de constater combien on y restait fidèle au provençal. Il s'agit d'un registre de procédure [4]. On sait qu'à cette époque les dépositions des té-

---

[1] Arch. de Narb., BB, 57, fol. 31. Annexes du tome II, p. 46.

[2] Abbé Sabarthès, *Abbaye de Saint-Paul*, p. 290.

[3] Canton de Ginestas (Aude).

[4] Ce document prouve que l'on n'interprétait pas, comme le fait M. Guilhermoz (*Enquêtes et procès*, p. 78), l'ordonnance du Parlement prescrivant de recueillir les dépositions en langue vulgaire. On les recueillait, non pas exclusivement en français, mais dans la langue maternelle du témoin, dans la langue dans laquelle la déposition était faite. — Ce document et d'autres encore prouvent aussi qu'il ne serait pas tout à fait exact de dire avec M. Giry (*Manuel de diplomatique*, p. 467) que dans le Midi, au cours du xive siècle, le français se substitua peu à peu dans les actes publics aux anciens dialectes. Notre registre est en latin, sauf les dépositions des témoins. Toutes les procédures du xive siècle conservées aux Archives de Narbonne sont en latin. Pour cette époque je n'ai trouvé de pièces de procédure en français qu'à propos d'un procès entre les consuls et le vicomte de Narbonne pendant devant le Parlement de Paris en 1382. En revanche, ces archives possèdent une procédure en latin de 1499, une autre également en latin de 1510-1517, dans laquelle de nombreuses pièces sont citées en français. Une autre procédure de 1513 est en latin; à la différence de la procédure de 1514, les dires de tous les témoins sont en latin. Je ferai remarquer à cette occasion que le latin a continué à être employé dans des actes divers jusque dans la deuxième moitié du xvie siècle. Le dernier acte consulaire en latin que je connaisse remonte à 1522: les consuls y fixent le montant de l'acize ou amende à payer pour certaines

moins devaient être recueillies en langue vulgaire au lieu de l'être
en latin. On voulait que les témoins pussent « entendre leurs dépositions ». Par suite, en Languedoc, on recueillait en français les
dépositions faites dans cette langue, et en provençal les dépositions faites en provençal. Or, dans le procès en question, sur dix-
sept témoins entendus, quatre seulement déposent en français; de
ces quatre l'un est originaire de Thérouanne, un autre d'Angou-
lême, le troisième est originaire de Narbonne, il est bachelier ès-
lois et âgé de 28 ans, le quatrième est un clerc de Limoux, âgé
de 25 ans. Les treize autres témoins sont des habitants de Narbonne ou des environs, et l'on trouve parmi eux, non seulement
des artisans (un couturier, un tisserand), mais des gens qui, par
leur profession, confinent à la bourgeoisie : un pareur, un marchand; on y trouve les bailles de Védilhan, de Moussan, de Cuxac,
et même un bourgeois et un clerc, demeurant aux écoles, natif
d'Hérépian [1], appartenant à la même génération que le clerc de
Limoux; il a lui aussi 25 ans. Ces treize dépositions sont en provençal. Le français tend donc, en 1514, à devenir la langue
usuelle des gens instruits de la nouvelle génération, mais certains
sont encore rebelles à son emploi, et la grande masse de la population continue à parler exclusivement provençal. Ce que nous
avons dit plus haut des compois, des criées, des mémoires de
marchands de grains confirme le renseignement fourni par le registre de 1514.

Cependant, avant la fin du siècle, le français était la langue de
la bourgeoisie, il était compris de tout le monde. Nous en avons
une preuve intéressante à la date du 21 mai 1581. Ce jour-là, le
Conseil communal voulant affermer les droits de leude [2] de la ville
éprouve le besoin de désigner un certain nombre de personnes « de
scavoir » chargées non seulement de réduire en sous et deniers
tournois les deniers et douzains narbonnais et melgoriens qui
figurent dans un tarif de 1273, mais encore « de translater en lan-
gaige vulgaire le leodere ancien quy est en langage gotique [3] affin

____

contraventions. Les archives de Narbonne possèdent un acte de vente en latin de
1538 et une donation rédigée dans cette même langue en 1557.

[1] Canton de Saint-Gervais (Hérault).

[2] On sait que l'on appelait leude un droit de péage ou d'octroi. Le leudaire
était le tarif.

[3] J'ai montré (*Revue des langues romanes*, t. XXXVII, p. 485) que les habi-

que chescun scaiche et entende clairement ce qu'il devra paier [1] ».
Je n'ai pas retrouvé cette traduction, mais il est bien certain que
les « gens de scavoir » ne l'ont pas faite dans une autre langue que
celle dans laquelle on rédige alors les procès-verbaux des séances
du conseil; ils l'ont faite en français. Il résulte de ce passage qu'en
1581 on n'entend plus couramment un acte qui ne date que de
300 ans, qu'on appelle *gotique* la langue dans laquelle il est écrit,
ne se rendant pas compte, semble-t-il, qu'elle diffère peu de celle
qui est communément parlée dans le pays; bien plus, quand on
veut rendre cet acte intelligible à chacun, on le traduit, non pas en
provençal moderne, mais en français; c'est le français qui est la
langue vulgaire. On ne peut pas dire en termes plus clairs que le
dialecte local n'est pas considéré comme une véritable langue, mais
n'est plus qu'un grossier patois.

APPENDICE.

I

Ordonnances de Philippe IV sur les monnaies [2].

1313.

Aymericus de Croso, miles domini Francorum regis senescallus Carcassone et Biterris, nobili viro vicario Biterris vel ejus locumtenenti salutem
et scinceram dilectionem. Litteras patentes et pendentes dicti domini nostri
regis nos recepisse noveritis sub hiis verbis :
Ph. per la gracia de Dieu rey de Fransa a totz cels que aquestas presens
letras veyran, salut. Coma per lo comu profieg de tot nostre reyalme et a la
requesta dels prelatz, ducs, comtes et autres baros et del comu poble de
nostre dig reyalme nos ajam ordenat a far bona moneda et a tornar et a
far remetre et recorre nostras monedas e las monedas dels prelatz, ducs,
comtes et baros de nostre reyalme que an dreg de far monedas en lur terra

tants du Languedoc, ou tout au moins du Bas-Languedoc, ont été appelés Gots au
moins jusqu'au XIIᵉ siècle. Cette dénomination n'a laissé de traces que dans
quelques noms de lieux. A-t-on ici un ressouvenir de cette ancienne dénomination ?
C'est fort peu probable.

[1] Archives de Narbonne, BB. 4, fol. 234.
[2] Il m'a paru inutile de donner la traduction complète de ces ordonnances.
On ne trouvera ici que le début et la fin de la première, le début et la date de
la seconde. Je ne donne pas le mandement du 25 août 1313.

a lur cors et ancian estamen, saber fam a totz que sobre aysso apelat ab nos nostre cosselh e los maiestres de nostras monedas, gran plenetat de bonas gens de las bonas vilas de nostre reyalme savias e esproadas en aytals causas avem avut tractamen, deliberacio et acort, et fag certanas ordenansas en la manieyra ayssi desotz escricha lascals cascus cant a se sera tengutz a gardar et a far tener e gardar e sotz certas penas contengudas en las dictas ordenansas. . . . .

Nos volem que els sapio que nos avem deputat en cascuna senescalsia e baylia certanas personas que euqueran e sabran la veritat de las deffautas et negligencias dessus dichas e dels dampnages que se son esseguitz e de las negligencias e defautas que els en aquestas presens ordenansas faran d'ayssi en an e que saupuda enqueza la veritat las punieran en cors et en aver segon la tenor de las causas converssas el poder que nos lur avem donat sobre aysso per lo temps passat et per lo temps a venier. En testimoni de lasquals causas nos avem fag metre nostre sagel en aquestas presens letras. Donee a Pontayre l'an de gracia m. ccc. xiij, mense julii [1].

Quarum auctoritate vobis mandamus quod contenta in dictis litteris regiis compleatis et exsequamini cum effectu juxta continentiam earumdem. Datum Carcassone die .vij. septembris anno Domini .m°.ccc°.xiij°.

Aymericus de Croso, miles, etc. nobili viro vicario Biterris ejusdem domini regis vel ejus locumtenenti salutem et dilectionem. Litteras patentes et pendentes domini nostri Francorum regis nos recepisse noveritis sub hiis verbis :

Pn. per la gracia de Dieu rey de Fransa a totz etc. Coma nos volem fayre bona moneda, sobre lo cors d'aquela bona moneda e de las autras fachas sa en reyre ajan fag per gran deliberatio de nostre cosselh, dels mayestres de nostras monedas e de gran plenitat de bonas gens e savias el fag de las maneyras (sic) e de gran re bonas vilas de nostre rialme certanas ordenansas, nos per ostar duptes e questios que poyrian esser entre los mercadiers, fermiers, vendedors de bosc et autras personas sobrels payamens que seran fag el temps de bonas monedas perpetuals e a vida e de deutes degutz e cresutz del temps passat, etc.

Donadas a Pontoya l'an de gracia . m . ccc . xiij . el mes de junh [2].

Suit l'exécutoire du sénéchal de Carcassonne, en latin. Il est daté de Carcassonne, 12 juillet 1313.

Vient ensuite un mandement au sénéchal de Carcassonne [3] por-

---

[1] *Ordonnances*, I, 518-525, en français. Le texte de Secousse porte la date de juin. Notre vidimus a très nettement *julii;* c'est une erreur évidente du scribe puisque l'ordonnance suivante qui vise celle-ci est datée du mois de juin.

[2] *Ordonnances*, I, 525, en français.

[3] *Ordonnances*, I, 527, mandement analogue en français.

tant que le cours de la bonne monnaie, au lieu de commencer à la fête de la Madeleine, ne commencera qu'à la quinzaine de la fête de Notre-Dame de septembre. Il est daté du 25 août 1313. Ce mandement est en provençal. Il est bien évident que l'original n'avait pas été rédigé dans cette langue.

[Archives de Narbonne, pièce parchemin, vidimus donné le 4 des nones de mars 1320 par la cour du viguier royal de Béziers; sceau de cette cour, sur queue, cire rouge.]

II

Révocation de la gabelle des draps dans la sénéchaussée de Carcassonne et mandement de Philippe VI au sénéchal, lui prescrivant de faire jouir du bénéfice de cette révocation les habitants de sa sénéchaussée.

1333-1335.

PHILIPPUS, Dei gracia Francorum rex, notum facimus universis tam presentibus quam futuris nos infrascriptas litteras vidisse formam que sequitur continentes : Universis presentes litteras inspecturis Johannes de Borbonio et Guillelmus de Ventenaco, domini nostri regis clerici, et Guido de Vela, miles et senescallus Carcassone et Bitterris ejusdem domini regis comissarii ab eodem domino rege super revocatione gabelle pannorum senescallie Carcassone inter cetera negocia deputati, salutem. Notum facimus quod cum virtute et auctoritate litterarum nostre commissionis predicte quarum tenor talis est : Ph. per la gracia de Dieu rey de Fransa a nos amatz e fizels clertz e conseliers maistres Joh. de Borbon, Peyre de Proauila e G. de Ventenac e al senescal de Carcassona salut e dilection. Com sus so que alcus dels homes habitans de la senescalcia de Carcassona, disens que las imposious (*sic*), ordenansas e deffenses faytas el pais sobrel fait de drapayria fos gran dampnage a las gentz del pais, nos avian offert a donar.cl.melia libr. tor. per levar e remoure del tot las ditas emposios (*sic*). ordenancas e deffensas, et alcus autres habitans de la dicta senescalcia disens tot lo contrari nos avian aysi offert a donar quaranta mile libr. tor. per demorar las ditas imposicions, ordenancas e deffensas en lor estamen senes autre contrari, nos aguessem enviat en la dicta senescalcia nostre amat e fisel clerc e conselier maistre Ramon Saquet et vos Joh. desus dit per saber a laqual causa lo mays de gens de la dita senescalcia s'acordaran, sos assaber a relevar o a demorar las ditas imposicions, ordenansas e deffensas aysi quo desus es dit. Et per so quel a estat atrobat per l'enquesta sus ayso fayta, que la pus gran e la pus savia partida de las gentz e dels habitans de la dicta senescalcia vol e a cosentit que las ditas imposicios, ordenancas e deffensas sian de tot en tot relevadas e remogudas per lo profieg comun, nos volens e desirantz far e gardar lo profieg comun, avem enclinat et a la lur requesta a remoure las ditas imposicions, ordenancas e deffensas per la dita soma de cent .l. milia libr. de bos petitz tor. a pagar en .v. ans prop-das e siguentz. Per so es que nos, qui de vostra industria e deligencia e discrecion nos fisam a plen, vos enviam las letras obligatorias sus las ditas offres e consentimentz aisi quant les proces sus ayso faytz; et vous man-dam e cometem per la tenor de aquesta letras que aytantost e ses demor vos anetz en las partidas de la dita senescalcia et als autres locs quel vos semblara a far, e appellatz davant vos de las bonas gentz del pais cels que vos sera avis de far, e distribuetz et departetz entre las gentz els abitans de la dicta senescalcia la dita soma de cent .l. milia libr. tor. a pagar als ditz termes de .v. ans en la milor maneyra que vos veyretz quel sera a far, en retenent obligacios sufficiens de las ditas gentz et habitans de pagar als ditz termes so que a cascun ne poyra tocar; et sil n'i a alcuns rebelles o contradisentz a far las causas dessus ditas costrenhetz les vigorosament tan-tost e senes demor a tenir e far e acomplir las ditas causas, totas dilacions e appellasions regitadas. Et aytantost que las ditas causas seran faitas e complidas, aysi coma desus es dit, faytz cessar e abatre del tot las ditas imposicions, ordenancas e deffensas pourveu que les deutes e redibencias que nos o nostres predecessors avian e premier avant las ditas ordenancas e deffenses et les quatre d^r per libr. nos demouran sans sobre les merch-candises (sic) et autras causas deffendues e ordenatz quel ne sian levadas. Et nos certifiquetz tantost per vostras letras de so que vos auretz sus ayso fait. Totasvetz nos volem que vos quatre o tres o dos de vos, senes los au-tres atendre, pusquatz las ditas causas far e complir e so que los uns au-ran comensat los autres meseiches que sian tres o dos puesquan perfar e acomplier. Et nos mandam e comandam per la tenor d'aquestas letras a totz nostres justiciers e subjugatz e a chascun d'els que, sobre totas las causas desus ditas e a cascuna d'aquelas et en aquelas que los toquara e las dependent d'aquelas, y obessenquan e fasan obesir a vos.iiij.o iij.o.ij. de vos deligentment e senes defaut e vos donon forsa, consel e ayda totas las veguadas que vos los ne requeretz. Dadas a Paris lo .xj. jorn de mars l'an de gracia .m.ccc.xxx.un.

Les commissaires constatent ensuite de quelle manière ils ont exécuté les ordres royaux, et Philippe VI ratifie leurs décisions. Je ne transcris pas ces documents latins; on les trouvera dans les *Or-donnances*, II, 89. Suit le mandement du roi au sénéchal de Car-cassonne :

Ph., par la gracia de Dieu rey de Franca au senescal de Carcassona o a son loctenent, salut. A la supplicacion des cosols de Narbona de vostra senescalcia disens que per vertut d'una composicion faita entre nos d'una part els ditz cosols e habitans de Narbona d'autra, la deffensa de la traita de las lanas, draps cruses, teuturas et autras causas pertanhens a la dra-payria et a la redevencia dels. xij. d^r que nos aviam sus chascun drap que fos adobatz en la dicta senescalcia, e totas las ordenansas et deffensas sobre ayso faytas lasquals avian estat tengudas et gardadas en la dicta senescalcia sian estadas cassadas e anulladas e mesas al nient e totas las causas e las de-pendentz remesas al pong e en l'estament que elas eran davant e al temps que las ordenansas y foron mesas e faytas per la soma de .cl. mille libr. tor. a nos promessas per los habitans de la dicta senescalcia, de lasquals una partida n'es ja estada pagada aysi que els dison; nonremens vos a la stancia del nostre procurayre de la dicta senescalcia, senz causa irrasonabla, los empaschatz en las causas desus ditas, venent contra la dicta composicion o gran greuge e dampnage dels habitans e subgugatz de la dicta senes-calcia, si comme els dison, nos vos mandam qu'els ditz habitans e subgoatz fasatz usar e gausir pasiblament de las causas contengudas en la dita com-posicion segont la forma et la tenor d'aquela, si no y a causa per que far no degatz, la qual vos nos rescruelz (sic) sotz vostre sagel o a nos amatz e fisels gens de nos comptes a Paris, tota vegadas, ayso penden, layssatz los usar e gausir de las dictas causas entro aytant que vos ajatz autre man-dament de nos, en pagant la dicta somma segont la tenor de la dicta com-posion (sic) e que tengutz y son. Donadas a Paris sotz la sagel de nostre Castellet de Paris en absencia de nostre gran sagel le .xj. jorn de janvier l'an de grace mil .ccc .xxx .iiij.

[Arch. de Narb., pièce parchemin, copie contemporaine, non inventoriée.]

<hr />

III

A. — J. Chauchat, receveur de l'amende de 800,000 francs d'or, déclare avoir reçu de la ville de Narbonne 3,000 francs d'or pour partie du cinquième terme échu en mai précédent.

5 juin 1386.

Sachent tuit que je, Jehan Chauchat, receveur general es senechaucies de Thoulouse, Carcassonne et Beaucaire de l'amende des viij^{cm} franz d'or deue au Roy nostre seigneur par les communez des dites senechaucies, congnoiz avoir eu et receu de la ville et universite de Narbonne la somme de trois mille franz d'or pour partie de ce qu'ilz puent devoir a cause du cinquiesme terme de may prouchain passe de la dicte emende, et par assi-gnation faite a madame la royne de Jherusalem et de Cecille pour certainez causes [1]; de laquelle somme de iij^m franz suis content et en quitte la dicte

[1] Marie, veuve du duc d'Anjou, reine de Jérusalem et de Sicile, et tutrice de ses enfants, avait en cette qualité une créance de 20,000 francs sur son beau-

universite et touz autres a qui quittance en puet appartenir. Donne a Ville-
neuve les Avignon, le v jour de jung, l'an m. ccc .iiij^{xx} et six. J. CHAUCHAT.

[Arch de Narb., pièce non inventoriée.]

B. — Quittance de 875 francs délivrée à la ville de Narbonne par R. Andrieu, lieutenant de J. Chauchat.

10 juin 1386.

Ramon Andreu de Narbona, loctenen en la villa e viguaria de Narbona
istituit per lo honozable home e savi sira Johan Chauchat, tresaurier e
ressebedor general en las senescalquias de Tholoza, Carcassona, Belcaire,
de la emenda de viij^{em} frans per las universitats de las ditas tres senescalquias a nostre senhor lo rey deguda per actoritat rial deputat, conoig e
confessy haver aut e resseubut de la universitat de la villa de Narbona per
lo terme del mes de may, que es lo .v. terme, e per las mas d'en P. Vidal
e P. Bagas de la dita villa, la soma de *hueg cens saichanta qinze* [1] frans
d'or, de laqual soma de *.viij^c lxxv.* [1] fran, en nom que dessus, ieu son
contens e n'quite lo dit comun e touz sels a qui apertandra. Done a Narbon. [2] sous mon sael propi e seng manoel lo .x. jour del mes de jung mil
ccc iiij^{xx} vj. — R. ANDREU.

[Arch. de Narb., pièce non inventoriée.]

I V

A. — *Payements pour rédaction ou traduction de requêtes en français.*

1405.

Fol. 110 v°. Ly [3] es degut per far escryaure ij vets en franses las re-
questas et supiycasios per lo dit m^e G. Geza en laty hordenadas per bailar

[1] frère, le duc de Berry; celui-ci lui assigna ces 20,000 francs sur la part de
l'amende de 800,000 francs qui devait être payée en 1386. — (Archives de Narbonne; pièces non inventoriées, l'une du 21 juillet au 19 septembre, et l'autre du
21 août 1386.)

[1] Ces mots sont soulignés dans le texte.

[2] Faut-il lire *Narbona* ou *Narbone?* Le mot est abrégé dans le texte. Nous
avons bien trois quittances de la main de R. Andrieu, mais dans aucune il n'a
écrit à cette place le mot en entier. — Voici les particularités offrant quelque intérêt que présentent les deux autres quittances : 1° : «dos melia frans d'aur de
laquala soma de ij^m frans d'or ieu son conten e n'quite lo dit comun e touz seul a
qui apertiandra. Done a Narbon. soutz mon sael.» (du 7 mai 1386); 2° : «confessy e regonoichi — conten e n'quiti lo dit comun e sels a qui apertienda. Donne
a Narbon. sotz mon — lo xv jorn derembre» (1385.)

[3] Il s'agit d'une somme payée à Ar. de Lupant de Carcassonne.

uls dits senhos comesazis al Puey per la cauza susdita, que paget al clerc dels senhos comesazis j escut, val. j li. ij s. vj.

Fol. 111. — Per j' suplycason faita en franses que portet s. Jon. Delom en Fransa escryta en franses faita iij vegadas.

[Arch. de Narb., comptes du clavaire de 1405.]

B. — *Requête des consuls de Narbonne à la Chambre des comptes.*

1405.

A nostres tres redoublables seigneurs mess" de la Chambra des comptes du roy nostre seigneur et monseigneur le duc de Berry, son lieutenant.

Supplient humblement les consoulz de la universite de la ville de Narbonne que, comme naguercs certaine exeqution fusse este commencee contre eulx par vertu de certaines letres de vous emances pour la somme de .vj^m .ij^c iiij^xx li. t. restans a devoir selon qu'il se dit pour pou paie du subside de .v. francs pour feu, cuilli et leve l'an mil ccc iiij^xx et ix., a laquelle exeqution les diz consoulz se feussent opposez par davant vous, et a la journee eussent allegue la dicte universite non estre tenue en la dicte somme pour ce que le dit subside de v francs pour [feu] [1] quant il fu impose et indit fut impose et . . . . . . [2] cuilli et leve le subside de deux frans et quart pour feu par avant impose; et eulx n'aient peu souffisament mostrer les diz subsides pour le brief temps qu'ilz ont eu; pour ce vous supplient qu'ilz vous plaise de donner et octroyer terme ou dilation soufisant a monstrer l'endit ou impost des diz subsides et entretant (*sic*) suspendre la dicte exeqution et en ce vous leur feres grace et aumosne et eulx prieront Dieu pour le roy nostre seigneur, monseigneur le duc de Berry et pour vous.

[Arch. de Narb., pièce orig., non inventoriée. Elle est attachée à une lettre donnée au Puy-Nostre-Dame, le 25 mars 1404 (1405 n. st.), par Jehan de la Croix, conseiller et maître des comptes, etc., invitant leurs agents à surseoir.]

V

Quittance de 15 sous tournois délivrée au clavaire du consulat par Jehan Lourel, potier d'étain.

22 mars 1439.

Je, moy, Jehan Lourel, potier d'estain, abitant de Nerbone, conois avoir heut et rescupt de s. Jeh. Gout, clavaire de Nerbonne, se est asavoir la some de xv s. t., delqual xv s. t. suis compten, a .xxij. de mars mille .iiij. cccc.

[1] Ici, un trou dans le papier.
[2] L'usure du papier m'empêche de déchiffrer la fin d'une ligne.

et xxix [1]; et iso est pour avoir entenmez les mase des ecuier des quosson et pour avoir adoubre .iiij. pintes du conssolat de la dite ville.

Ita est, Jehan LOUREL.

[Arch. de Narb., liasse de pièces justificatives des comptes de 1439, non inventoriée.]

VI

Quittance de 10 sous tournois délivrée au clavaire du consulat par Jehan Duplessis, huissier de parlement.

3 juillet 1439.

Je, Jehan Duplessis, huissier de parlement, confesse avoir eu et receu de Jehan Got, clavaire de Nerbonne, la somme de dix solz tourn. pour cause de l'execucion de certaines letres en cas d'appel par moy executees a la requeste des seigneurs consulz dud. Nerbonne a l'encontre de Thibaut Chartain dud. Nerbonne; de laquelle somme de dix solz je suis content et en quicte led. clavaire et tous autres a qui quictance en appartient, tesmoing mon seing manuel cy mis le iij^e jour de juillet l'an mil iiij^e xxxix.

J. DUPLESSIS.

[Arch. de Narb., liasse de pièces justificatives des comptes de 1439, non inventoriée.]

VII

A. — *Payement de trois écus d'or à Jacques Bedos de Montpellier, avocat.*

29 novembre 1439.

Ey paguat per mandament dels senhos cossols a m^e Jaques Bedos de Monpelia la soma de tres escutz d'aur e aysso per razo que playdegec la caura contra s. Tibaut Sertan per la vila, e aysso per denant los senhos generals a Monpelia, e per vezitar lo prosses de la vila contra mosel l'arcevesque sus lo fayt de l'estayn de Canpinhol de que li fonc paguat per las mas de m^e Jon Rodil, a xxviiij de novenbre, los ditz iij escutz que valon a xxxij doblas e 1/2 la pessa, montan catre li. j s. iij d.

[Arch. de Narb., comptes du clavaire de 1439, fol. 117 v°.]

[1] Cette date est un lapsus de J. Lourel, comme le prouve l'article du clavaire de 1439 que j'ai rapporté plus haut (p. 13, n. 3). Cette quittance est, du reste, sur une même feuille de papier que deux autres en provençal, datées de 1439, et elle est entre les deux.

B. — *Lettre de Jacques Bedos aux consuls de Narbonne.*

29 novembre 1439.

Tres chiers et honnores seigneurs, je me recommande a vous tant come je puis, et vous plaise scavoir que vostre cause contre Thibaut Chartain a este plaidoiee et apointtee en arrest et mis par devans la Court. Mais pour ce que mons^r maistre Jehan d'Aix, hun de mess' les generaulx, s'en doit aler tres bien brief a Narbonne, je croy que vostre cause ne pourra avoir fin en ceste ville, combien qu'il enportera puissance de la determiner par dela avec mes autres seigneurs du conseil du roy qui y sont et enportera avecques lui les proces et escriptures.

Si m'a baille le porteur de ces presentes, vostre notaire, deux escuz pour icelle cause plaidoier et visiter le proces, et aussi m'a baille un escu pour visiter certaines informacious touchans le fait de la riviere contre mons^r l'arcevesque, dont la cause est aussi introduite par devant mess' les generaulx. Tres chiers et honnores seigneurs, je ne vous escrips a present autre chose fors que suis a vostre commandement, et prie le Saint-Esprit qu'il par sa grace vous doint bonne vie et longue. Escript a Montpellier le xxixe jour de novembre.

Le tout vostre,

Jaques BEDOS.

[Arch. de Narb., liasse de quittances de 1439, non inventoriée.]

VIII

Mémoire acquitté de Me J. Comini, serrurier.

10 décembre 1439.

Memoyre de ce que m'a fait fere mons. le cosson Bastier demour. a portal Remont Jehan, el et le claveyre s. Jeh. Goult, pour le portal Remond Johan.

Premierement, deux chevilles qui tiengnent les caileues.

Item pour deux grans croches qui ce metent deux grosse chevilles en plom a la muralle, et est pour tenir le pont segur, c'om ne le peut tirer de fore, et y sont deux bacgues pour les deux anneaulx qui sont a la petit post de trast led. pont, et pezet tout aco xiiij li. pourre. . . . . . . xiiij gr.

Item que m'a fait fere monss. le cosson s^r P^e Vidal d'Armeny une lorigue, pezet iiij li. bonnes pourre. . . . . iiij gr.

D'une autre main : An pagat los s^or cossols de Narbona de l'an m. iiij^e xxxix e per las mas de s. Joh. Got, lor clavari, xviij gros correns per las causas dessusd., delsquals xviij gr. soy content, a x dezembre l'an m iiij° xxxix.

Constat de confessione,

RODILLI, not.

Au verso : Albaran de m° Jon Comini, sarralia, per j li. ij s. vj d.

[Arch. de Narb., liasse de quittances de 1439, non inventoriée.]

IX

L'abbesse des sœurs mineures donne quittance aux consuls d'une somme de dix sous tournois que la ville alloue annuellement au couvent.

15 août 1444.

Conogan totz que aquest albaran veyran ne legiran que ieu, seur Sebelia Enesta, abadessa de las sorrez minors de Narbonne, confesse aver agut e ressaubut de Peyre Combez jove, clavayre du consolat de Narbona, del mandement des s. cossouls, so es assaber detz sous tornes per la aumosne de la dicte ville de Narbone que an fait al nostre couvent de Narbona per la festa de s^ta Clara, et per major fermetat ay fait scrire aquest albaran per la man de mestre Nicholau Soyrant, not. de Narbona, le xv° jo^r del mes d'aoust mille cccc. xliiij.

N. SOIRANT.

[Arch. de Narb., liasse de pièces justificatives des comptes du clavaire de 1444, non inventoriée [1].]

X

Quittance de 3 sous 4 deniers tournois délivrée au clavaire du consulat par le notaire Esteve Dupuis.

22 janvier 1445.

A pagat sen Peire Combas, clavaire de la ville de Narbone a mi Esteve Dupuys, notaire de Narbone, c'est assavoir iij s. iiij d. t. pour la copie de la sauvegarde de mons. l'arcevesque de Narbone, desquelz iij s. iiij d. t.

---

[1] Voici l'article du clavaire qui rapporte cette dépense (fol. 120) : «Ey paguat... a sor Sebelia, abadessa de las sors menos per pietansa la festa de santa Clara... X s.»

suis content. Testimoni aquest albaran fait de ma main a xxij de jenier l'an mil cccc xlv^{mas}.

DE PUTEO, not.

[Arch. de Narb., registre de quittances de 1444, fol. 61, non inventorié.]

XI

Quittance de 10 sous tournois délivrée au clavaire du consulat par Benezist Tabourel, verrier.

1er février 1445.

Chacient tous sus qui set auberen verront que moy, Benerist Tabourel, confaise avoier eut et resut de sen P^{re} Conbes, clavere, la some de x s. t., i ec por ij lunes de verre [1] qu'il a prinssez por le fait du consollat, a j de fuvrier l'en mil cccc et xxxxv.

Benerist TABOUREL.

Au verso : Albara Benereg Tabozel.

[Arch. de Narb., liasse des pièces justificatives des comptes de 1444, non inventoriée.]

XII

Compte de louage de chevaux quittancé au verso.

24 février 1445.

A viij de frevrier prit Tisere j ronsin pour aller a Besies et le taingit .v. jours qui montent............................. xx doubles.

....

It. mais, a xiiij del mes de julliet prit Baron ij ronsins et fut pour aller al gra d'Aude et tangit j jour et monte................. vj. dobl.

---

[1] Il s'agit de verre à vitre placé à une fenêtre de la salle du consulat du Bourg, où se réunissaient les personnes chargées de dresser le compois, ainsi que le montrent les textes suivants :

Quittance de E. Byzan, fustier (dans la même liasse) : « Deu la dyta vylla per metre ij lunas al consollat e per ij trosses de fulla per folra .j^e. fenestra la on stan los talayres................................ vj s. iij. »

Comptes du clavaire de 1444, fol. 122 v° : « Ey paguat a dona Abondansia per 1/2 sestier de geys, e Benereg Tamborel, veyrier, per dos lunas que son estadas mezas a la clavayria viela la hont estan los senhos talayres, que costec tot a iiij jenier................................ xj s. iij. »

Fol. 130 : « Per metre dos lunas a la cambra del cossolbat de Borc la hont estan los senhos talayres e per dos troses de fuelha per folrar j^e fenestra. »

Au verso : Yeu, Denis Camart, sartre, demourant à Nerbonne, connois et confessy d'aver egut et realment resoput per la mans de s. Piere Combes, clavere du cosoulat, pour ranson de louguier de rousins pour les besounges du cosoulat la soume de iiij li. tourneses; d'aquels iiij li. me tiens pour content et pour pagat, a xxiiij de frevier, ainsy can se contient en aquest conte.

Ita est, Denis CAMART.

[Arch. de Narb., liasse de pièces justificatives des comptes de 1444, non inventoriée [1].]

XIII

Quittance de 10 livres tournois
délivrée au clavaire du consulat par J. Duplessis [2].

1ᵉʳ mars 1445.

Je, Jehan Duplessis, huissier de Parlement, ay receu de S. Pᵉ Combas le jove, nagair. clavari de Narbona, la soma de detz liuras tourn., inclus los tres motos dedins scrichz a my degutz per las causas contengudas en aquest cartel [3], coma apar per lo comandament sobra aquo pres per maistre Johan Rodil, not.; de lasqualz x li. ieu son conten e en quiti ledit Combas e totz autres. Testimony d'aisso ieu ay aissi mes mo seng manuel a j de mars l'an mil cccc xlv.

Ita est, DUPLESSIS.

[Arch. de Narb., liasse de pièces justificatives des comptes de 1444, non inventoriée.]

XIV

Listes des registres de comptes de clavaire et des compois
à partir de 1459 avec indication de la langue dans laquelle ils sont rédigés.

A. — *Liste des registres de comptes de clavaire.*

1459 [4]. Provençal, avec quelques traces d'influence française.
1460. Manque.

[1] Je ne cite que deux articles de ce compte; les autres sont à très peu près identiques.
[2] Cette quittance est au verso d'un mémoire du même J. Duplessis. La langue du mémoire étant identique à celle de la quittance, il m'a paru inutile de le transcrire ici.
[3] Le *cartel* ou mémoire se termine par la phrase suivante : «Sobra lacal soma ay ressauput de s. Pʳᵉ Combas, clavari, la somme de iij mᵒ en deductio.»
[4] Tous les registres antérieurs sont en pur provençal.

1461, 1462. Provençal.

1463, 1464. Manquent.

1465. Provençal.

1466. Provençal avec quelques traces d'influence française : «furent faitz consols, firent lod. jorn». Le clavaire est un notaire royal.

1467. Manque.

1468, 1469, 1470. Provençal.

1471. Provençal; j'ai relevé au folio 1 le nom propre *Marie*, le clavaire est un marchand.

1472. Manque.

1473, 1474, 1475, 1476. Provençal.

1477. Manque.

1478, 1479, 1480[1], 1481. Provençal.

1482-1485. Manquent.

1486. Provençal fortement francisé.

1487. Provençal beaucoup plus pur.

1488. Manque.

1489, 1490. Provençal francisé.

1491, 1492. Provençal plus pur.

1493. Manque.

1494, 1495. Provençal à peu près pur.

1496. Manque.

1497. Provençal à peu près pur.

1498, 1499, 1500. Français d'intention, fortement imprégné de provençal.

1501. Provençal plus pur.

1502-1504. Manquent.

1505, 1506. Provençal assez pur.

1507, 1508. Provençal un peu plus francisé.

1508 [2]. Provençal plus pur.

1509. Manque.

1510, 1511, 1512. Provençal à peu près pur.

1513, 1514. Manquent.

1515, 1516, 1517. Provençal à peu près pur.

1518. Provençal sans trace d'influence française.

1519. Manque.

1520. Provençal.

1521. Le provençal et le français employés concurremment [3].

---

[1] On lit cependant au fol. 1 *saint* et la forme hybride *gloriose*.

[2] Deux registres portent la date de 1508.

[3] Exemple, au fol. 115 v° : «a pagat lod. Jaques Rossellin, clavary, etc. — Plus a paye led. Rosselin, clavary.»

1522, 1523. Provençal fort mêlé de français; l'attestation des vérificateurs des comptes est en pur provençal. Le clavaire de 1523 est un apothicaire.

1524. Provençal fort mêlé de français, souvent même français presque pur.

1525. Manque.

1526. Français fortement imprégné de provençal, même pour l'attestation des vérificateurs des comptes. Le clavaire est un apothicaire.

1527. Provençal assez pur attestant cependant l'influence française.

1528. Français imprégné de provençal; l'attestation des vérificateurs est en provençal imprégné de français. Le clavaire est un apothicaire.

1529. Français fortement imprégné de provençal; l'attestation des vérificateurs est en provençal un peu francisé. Le clavaire est un chaussetier.

1530. Tantôt en pur provençal et tantôt en français fortement imprégné de provençal. L'attestation des vérificateurs est en provençal.

1531. Français fortement imprégné de provençal. L'attestation des vérificateurs est en provençal.

1532. Français imprégné de provençal; attestation des vérificateurs en français presque pur; le clavaire est un marchand.

1533. Français imprégné de provençal.

1534. Français imprégné de provençal; se termine par une attestation rédigée en pur provençal par un notaire.

1535. Français imprégné de provençal; au folio 149 v° huit lignes en provençal, d'une seconde main.

1536, 1537, 1538, 1539. Français; attestation des vérificateurs en provençal.

A partir de 1540 tout est en français.

B. — Liste des compois [1].

1453, 1499, 1504, 1510 [2], 1516, 1521, 1526, 1533, 1542. Provençal.

1549. Français fortement provençalisé.

1561. Français, et de même tous ceux qui ont été rédigés plus tard.

[Archives de Narbonne.]

[1] Les compois antérieurs à 1453 sont tous en provençal. Le plus ancien que conservent les archives de Narbonne est de 1323.

[2] La date des compois de 1510-1549 n'est pas sûre. Ces registres sont incomplets du commencement. Ils sont certainement du XVIe siècle, comme le prouvent leurs caractères paléographiques. Les dates ici relevées leur ont été attribuées au moment où on les a reliés dans le premier tiers de ce siècle. Il est probable qu'elles figuraient sur les couvertures anciennes, aujourd'hui disparues.

XV

Comptes du clavaire [1].

1459.

Fol. 1. A la honor et gloria de Dieu et de la gloriosa vierge Marie, mayre de nostre seignour Dieu Jhesus Christ, et dels gloriosos corps samtz (*sic*) monss' sant Paul et monss' sant Sebastian, monss' sant Glaude et de tota la court celestial de Paradis sia fait tot quant farem ny direm. Amen.

Fol. 1, v°. L'an dessus dit e a xj del mes de jung fout faicte une endiction pel lo grant conseilh, per pagar lo tailh, de iij francs per denier e v s. t. per cascun cap d'ostal.

Fol. 101. Despences et pagamens faitz per my, Denis Vincent, commes a far la recepte et despen. [2], de clavaria de Narbonn. par s. Jehan Saulsoye alias de Paris, clavary p. l'an mil iiij^e lix, faitz en la forme et maniere que cy apres s'en siec p. partides.

Fol. 103 v°. Paguey a vij de may a maistre Johan Levatoris (?), not. de Carcassonne p. la registre de instrument p. loqual app. que mess" les cousols an la cognoissance dels pezes et mesur.; et los s^ra de las assizes volian compellir m^e R. Cavalier, not., p. so que el avia vendut xviij cest. forment, et la emina era petit., et font preze al cousolat, et p. so que la causa era preocupad. p. lo cousolat font produsit lod. instrument, p. lo registre font pag. . . . . iij s. iiij d.

Fol. 104 v°. Despen. p. la collacion que fan los s" p. anar far lo gaig et visitar las careyr. [3].

Et primo font despendut a iiij aoust que era dissapte per so que lo dilus era sant Just; et los senhors volgueron far la visitacion lo dissapte p. non la far lo dimenge; agueron de gens notables de la ville; despend. p. pan, fogasses blanques. . . . . j s. viij d.

It. per mellons et aut. fruche . . . . ij s. vj d.

It. paguey a Johan Bressolla de Quilhan per une perge longa, et era grossa; los s^ra la feron acorssar per lo home la poguessa portar; costet v s.

It. per vj cartons de vin roge, costava vj d. lo carton, per so monta . . . . iij s.

---

[1] Les consuls ont élu comme clavaire Johan Saulsoye, *alias* de Paris, mais ce n'est pas lui qui tient les livres. Empêché par d'autres affaires, il nomme pour son lieutenant Denis Vincent de Narbonne; tout le registre est de la main de ce dernier.

[2] Je ne rétablis pas dans ce texte les abréviations lorsqu'elles ne doivent pas se résoudre de la même manière en provençal et en français.

[3] Il s'agit d'une visite des rues de la ville que faisaient les consuls la veille de la foire du 6 août.

It. font pagat a lo home qui portava la perge davant los s^rs cousols. . . . . x d.

Despen. p. las escollas.

Et primo ay pagat a maistre Martin Hermely, maistre mage p. la pension o gaiges que luy donne la ville couma app. p. instrument per m^e Johan Rodilh, que mont. p. an xxv li., per so luy ay pagat per j an, app. p. sa quictan. lad. souma. . . . . xxv li.

Fol. 108, v°. Despen. de iij li. xvij s. vj per j don fait a x novembre a mons^r lo tres^r general de Languedoc, maistre Estienne Petit.

[Arch. de Narb.]

XVI

Lettre du baille vicomtal de Fabrezan au viguier royal de Narbonne annonçant l'envoi de huit hommes à l'armée royale.

8 février 1475.

Ad vous noble et puissant s^r mons^r le viguier de Nbona[1] pour nostre sobiram s^r le roy de Franse nous Gaubert Rogier, baille du liez de Fabersa pour mons^r le viconte de Nbona[1] vous certificons que les s^r consols de Fabersa vum tramez viij homes dine et de foy au service de l'armea de nostre dit s^r le roy de Franse ad contemplacions de trinqua de roy (?) et advisar le loc, le castel et borc de Tautavel[2] comme lours ad estal mandat, so est ad saver Guill. Cadorsim, Johan Sartre, Beit[1] Bocelet, Duram Longes, Bert. Michel, Michel Cleyrac, Pere Dotra et Bermon Severac, lesquels il sont estat et fait le ours (?) degu p. l'espasse de tres semmanez derierement passeez au despens, cols et mission de la universitat de Fabersa. Pourtan plaisse vous de desenqusar le ditz loc de Fabersa envers mess^r lietenant generals, capitainez et toutz austres, et le dit liez de Fabersa priera Dieu p. vous en pregam Dieu que vos dum honour et bona vida.

Escript ad Fabersa a viij de Febvrier l'am mil iiij^e lxxv.

De mandement de mons^r le baille de Fabersa.

D. BONLETEM (?).

[Arch. de Narb., pièce orig. papier, non inventoriée.]

[1] Mots pour lesquels je ne résous pas l'abréviation.
[2] Tautavel, canton de la Tour-de-France (Pyrénées-Orientales).

XVII

Registres de comptes des clavaires.

A. — *Clavaire de 1486.*

Fol. 1. En lo nom de nostre s^r Dieu Jesu Crist et de la glorieuse vierge Marie .et del glorioux corps sainct mons^r sainct Sebastian, nadieu de la present ville de Narbonne et del glorioux corps sainct mons^r sainct Paul, patron et conservador nostre, sia fait tout quanque feram ne escriprem en aquest present libre.

Fol. 102. Premierement paye a Jehan Intrant comis de mos^r le receveur Piarre Bayard pour reste de l'ayde auctroye au roy n^{re} s^t a Montpelier, l'an m. iiij^c iiij^{xx} et quatre, pour reste deue la somma de deulx cens trante et sincq li. dix huyt soubs nau deniers t. comme apar quiten. dud. Jehan Intrant faicta lo vj^e d'octobre l'an mil quatre cens quatre vingts et sieys, per ce . . . . ij^c xxxv li. xviij s. ix d.

Fol. 104. Al notari del cousolat maistre Blase Gout.

Pagat a maistre Blase Gout, not. del consollat, per sos gages ordonats que la villa luy donne cascun an a causa de son offici de notari la somma de septanta et sept libras ung soubt hueth deniers t. com apar per quitensia del dit maistre Blase, not... . . . . lxxvij li. j s. viij d.

Fol. 111 v°. Item pagat et satisfait a sen Frances Peronne, consol de Narbone [1] tant per despensas com per aultras sommas per luy pagadas tant a mos^r le greffier de la court de mess^{rs} les generaulx sur le fait de la justice sezans a Montpel^r que a maistre Raymond Durana, hussier, que aultras despensas faitas per anar a Montpel^r et faire la procetta (?) de recobrar lo sacq des escripturas et documens produicts en lad. court de mess^{rs} les generaulx a l'encontra de mess^{rs} de l'eglcisa de Narbone [1] sur le fait des talhas reals, la somma de trante et nau liuras sincq soubs t., contenguts en nau articles escripts au dos de aquest commendament fait per mess^{rs} consols et escript per maistre Blase Gout, et per quiten. deld. Peyronne faita a xv de jully . . . . xxxix li. v s. t.

Fol. 117 v°. Pagat... la somma de dix huyt li. t. per xviij jours que a vacat a escripre lo prosses certaines enquestas et proceduras faict. en faveur de la villa a l'encontre de mess^{rs} de gleisa a ung francq per jour.

B. — *Clavaire de 1490.*

Folio liminaire 1. En lo nom de nostre s^r Dieu Jesu Crist et de la glorieuse vierge Marie et del glorioux corps saint monsenhor saint Sebastian,

---

[1] Le manuscrit donne ce mot en abrégé *n.bon.*; j'ai résolu les abréviations d'après le fol. 1 où le mot est en entier.

nadiou de la present ville de Narbonne, et del glorioux corps sanct monsenhor saint Paul, patron et conservadour nostre, sia fait tout quanque ferem ne escriprem en aquest present libre de la tailha levada par my, Jehan Tregoyn, clavary de l'an present mil quatre cens nonante. Amen.

Au r° du 2ᵉ folio liminaire on lit parmi les noms des consuls :

Messʳ Raymond Arnaud, licencié en loix, pour les clercs de la cité de Narbonne;

Sen Jehan Fructier pour les menesteralz et labouradours de Cieutat.

Fol. 1 : Maistre Heberard Tornier, notaire, es son tailh tres pougeses, trois grains tres cars.

..... une pougese e miech grain;

..... sept grains et demy.

Fol. 39. ..... capsage 1/2 per so que es femme vieuze.

..... non deu capsage, car non demora en villa.

Fol. 52 v°. Recepte de gens de eglise :

Le venerable capitol de la sancta eglise de Sant Just es son tail xxij d. iij p° iij g°, monte a dix frans p. denier .....

Aquesta causa es en plait commi appᵗ p. procès pend. en la court de parlement.

Fol. 67. Maistre Pierre Berthet souloit tenir l'ostal del pes de la farena; a res, non le tient degun.

Fol. 74. Ay pagat a Fortanyer Dolive, bachelier, loqual a regit et gouverne les escollas de Narbonne l'aspace de quatre meses, dix liures [1] tourn.

Item a Pierre Molinier, bachelier, pour avoir regit et gouverne lesd escollas p. huit meses la somme de xx li. t.

Fol. 83. Début du procès-verbal des vérificateurs des comptes du clavaire : Nos contados dejos escriustz e deputatz per ausir los contes del pre zent libre de sen Johan Treboyn. .....

C. — Clavaire de 1492.

Fol. 94 : Ay pagat en menudas despen. pour lo foc de joye et autᵗ despensas que firent faire messᵒˢ cossols quant eurent les novellas de par lo roy nostre sobirain segnour p. la nativitat de monseignor lo daulphin, que dura la festa ij jours faisant bonne chere a tous venans al consolat et a la place del bourg comme appert p. menut et p. commandement de mesd. sⁿ los cossols que monte la somme de dix-neuf livres seize solz. xix li.xvj s.

Fol. 94 v°. Ay pagat a sen Anthoni la Rua pour lo loguier de l'ostal on sont les escolas p. ung an commensat a j de novembre derrenier passat a somme de x l. comme appert par commandement.

---

[1] J'écris *liures* d'après *liuras;* peut-être J. Tregoin prononçait-il *livres.*

Fol. 95. Plus ay pagat a fr° Anthoni Bolygen dels Augustins pour la pension que lour fait l'ospital de Sant Paul pour ung cantage que fan landema de la Toussans. . . . . xv s.

Fol. 95 v°. Plus ay pagat a maistre Guillem Reves, fustier, pour una cadieyra que a fait a l'escolla, comme appert par commandement. j li.xv s.

Plus pagat . . . . . p. avoir fait montar los dos navillis fins al pont vielh p. la robine d'Aude. . . . . xv s. v d.

Fol. 97 v°. A maistre Jacques Fraysses, domine dels escolas, pour resta de ses gaiges de la presente annade. . . . . xv li. xv s.

D. — *Clavaire de 1498.*

Fol. 91 v°. Recepte de la lane de l'ospital.

Ay receu de Bernard Vayssete de Verfeilh de xxvj quintaux nonante et trois liures et miege lane a dix sept florins et miech lo quintal la somme de. . . . . ijᶜ lxxxj li. v d.

Lo clavary de l'an passat avia receu l'avance.

Recepte des draps de Parpignan qui furent pris a las cabanes de Fitour dont la moytie en ha este donnee a la ville par monsʳ le gouverneur de Languedoc pour confiscacion, lesquieux ont este venduz a l'encant public au plus aufrant et furent delivrez a sʳ Guillem Alcoynes pour le pris de nonante sinc liures.

Fol. 92 : Recepta del moly del Gua.

Ay receu de Bringuier de la Costa. rendier del moly del Gua, per lo mes de fevrier dix sestiers de ble; c'est vendu la some de. . . . vij li. x s.

Plus ay receu dud. Bringo pour les mois de mars, avril et may la somme de vingt et nou sest., que c'est vendu le sest. seze solz huyt, que monte. . . . . xxiiij li. j s. viij.

Fol. 94 v°. Plus ay paguat a mestre Raullin Sabatier, not. du consulat, per sos gaiges acoustumez la somme de septante sept liures ung sol huit deniers tourn.

Fol. 95 v°. Ay paguat per lo present livre en loqual es toute ma recepte et despensa de toute mon anade la somme de. . . . . iij li.⁽¹⁾

E. — *Clavaire de 1499.*

Fol. 103 v°. Recepte de sizes establides de Raphael de Coulenure⁽²⁾, marchant d'aranquades.

Fol. 116 v°. Plus a Jehan Fournier, serrailher de N. bonne, pour avoir curades les herbes qui estoient dedans Aude.

⁽¹⁾ Ce registre a 116 folios.

⁽²⁾ Collioure (Pyrénées-Orientales).

Fol. 117. Plus a Jehan Sollet, travalladour, pour avoir porte de la riviere d'Aude devant le consolat de Bourg certaine quantité de cartiers de p^{re}.

Fol. 121 v°. Plus a maistre Nicolas Rodil p.curayre [1] dud. consolat pour ses paines et travailz qu'il a faiz ainsi qu'il appert p. commandement.

Procès-verbal des vérificateurs des comptes du clavaire de 1499, au f° 122 v° du registre renfermant ces comptes.

Nous, contados dejos escriptz deputatz p. mes^{os} lous consuls p. auszir lous contes del preszent libre de s. G^{mme} Faychier, clavary de l'an mil iiij^c lxxxxix, dont en auszen loud. libre es estat entre nous contados alcunas diferensas sus loud. libre toucant ungne reparacion faita en lou consolat de bourc, que nous semblave que lad. reparacio non ce devya fayre sensa deliberacion de conseil, et per so, a causa de aquesta diferensa, nous, abans de vouler passar lous comandamens de la d^{ta} despensa, ne avem communycat [2] an lous mes' consols, lousçals aver auszida la susd^{ta} dyferensa de lad^{ta}. reparacion qu'era entre nous, lousd. mes' consols meteron la causa en conseil general per loucal fonc dit, conclus e deliberat que lous comandamens de la d^{ta} reparacion cerian passatz, verificatz et allouguatz al clavary. Et per ansin, nous enceguen la congluszion del conszeil avem passatz, verificatz, allouguatz lous ditz comandamens al clavary. Et per ansin, avem vist, palpat e carculat tant en recepta que en despensa, comensant la dita recepta en cartas nombradas ungna e feniscent en cvij cartas et a la premyera pagena, en que y a de somes dos cens e doupze, dic ij^c xij, que monte en some unyversal las ditas ij^c xij somes catre myla nouante e cep liuras cepze sous, dic iiij mile lxxxxvij li. xvj s.

. . . .

Lousçals preszens contes avem singnatz de nostres singnes manuels lou xxxme jorn de aoust l'an mil v^c.

<hr/>

XVIII

Extraits d'un registre renfermant le détail des dépenses faites par Narbonne pour l'entretien de la chaussée de Sallèles [3].

1541.

Ce registre est de différentes mains, entre autres de celles du clavaire, de divers consuls, des chefs ouvriers ou de gens tenant la plume pour eux, car ils sont généralement illettrés.

[1] La haste du *p* est barrée comme dans l'abréviation de *per*.
[2] Le ms. a *commycat* avec un tiret abréviatif au-dessus de *my*.
[3] Cette chaussée détournait vers Narbonne une partie du cours de l'Aude.

Fol. 1. Despence faicte pour la reparation de la paxiere pres Salailles par sire Gabriel St Johan, clavaire du consulat de Narbone pour l'an mil v^e quarante ung.

Fol. 1 v°. Et premicrement charettes gaingnent xv s. le jour a cinq voiages par jour . . . . .

A noble Jehan Vidal quatre jours et ung viage monte aud. pres. iij li. iij. s.

Fol. 3 v°. Jeu dessus [1] signiez comys et deppute p. mess^{rs} les consulz de Narbonne pour estre susintendend et contrerolar lous que travaillen a la pessaire, certifique que tous lous dessus nomme au presant rolle commense le xvj^e de may, my presand a lad. pessaire, ont faictz leurs journals contangud ald. rolle et toutes les causes contangude ald. rolle sont estades fournide et intrade à la bezogne de lad. pessaire et p. major fermelat me suis icy dejus [1] signat l'an et jur [1] susd.

P'OTTE.

Fol. 6 v°. Autra despensa faicta p. lad. ovra de la peyssiera commensada dimecres huict de juing et finida dissapte unziesme deld. mes.

[Le chef ouvrier ou contrôleur est E. Fabre. — Son attestation, analogue à celle du fol. 3 v°, est plus purement provençale.]

Fol. 13. Autro despenso faito a lad. paissero comensado dimas ij de agost mil v^e xlj et fenys lo v^e deld. mes.

A Jan Robert mestre dell mall moton per tres jorns a v s. lo jorn monton. . . . . xv d.

Fol. 13 v°. A mestre Antoni Bardo, causinier, per dos cens setanta et sies semals caus pezan cado semall ij q. lx li. net que es en tot la cantitat de vij^e xvij q. lx li. caus a razo de j s. iij d. lo quintall resebudo sus lo forn, monton quaranta et quatre liuros setze sous et onze denies tornes, p. so. . . . . xliiij li. xvj s. xj d.

Fol. 21 v°. A Gyraut Bero per estre solesitur et aver enrolatz los susd. [obriers] per vj jorns a x s. per jorn.

Fol. 25. A Gabriel Sanct Jehan, cla^{ry} del consolat de Narbona p. l'an present mil v^e xlj.

Nos, consols de Narbona apres signatz comandam a vos clavaire que de l'argent de v. recepta faicte des deniers ordones pour emploier a la reparation de la paxiere de lad. ville que se fait pres Salleles paiez et delivrez aux persones escriptes au precedent et present fullez escriptes et nommees les sommes apres leurs noms expensees et declarees . . . . . montent en une somme universelle cent quarante uns liures nau soulz et quatre deniers tourn. et, en reportant lo present comand^t et quitance, lad. some de

[1] Le caractère *u* a dans ce mot le son du *ou* français.

xlj li. ix s. iiij d. t. vos sera rebatuda de vost. recepta et allo^{da} en v. contes. Fait à Narbonne lo xj^{me} de septenbre l'an mil cinq cens quarante ung [1].

(*Suivent les signatures.*)

[Arch. de Narb., reg. papier in-4°, 46 feuillets, non inventorié.]

XIX

Procès-verbaux des gardes champêtres et estimation des dégâts.

1559-1561.

Le ixme de janvier 1560 . . . . . [2] bandier a trubat le bestial de . . . . . pa(issant) et fron(dant) en ung camp de sibado.

[*Au lieu de* bestial, *on lit dans d'autres procès-verbaux* les motons, las egas, la carrete, les chibals, les buols, etc.]

Le premier jour de janvier (1560), Anthoine Pachard, bandier, a rapporté avoir trouve les fedes de Gascon, mazellier, abandonnade dans une vigne . . . . .

N., estimaire, a rapporte avoyr estime la taile faicte en ung champ de froment de Mathieu . . . . . assis a . . . . . pour trepejadure et rasadure des escoulladous faict p. bestail lanut.

Le xxvij^{me} jour de septembre, Barth. . . . . et Guiraud Forniès, estimaires ont rapporte avoyr estime une vigne de Bernard Gazalet, assise a Pe Loubat pour manjadure de la rame, rompudure de bois, trepejadure de lad. vigne faict p. bestail lainu.

[Extrait d'un registre en papier, en mauvais état, non folioté, conservé aux archives de Narbonne, non inventorié.]

[1] Il se trouve dans ce registre d'autres *commandements* analogues des consuls; les uns sont en pur provençal et d'autres en français sans le mélange de provençal que l'on trouve dans celui-ci.

[2] Ce registre informe devait être une sorte de brouillon; j'ai beaucoup de peine à le déchiffrer et je ne parviens pas toujours à lire les noms propres.

IMPRIMERIE NATIONALE. — Août 1898.

www.ingramcontent.com/pod-product-compliance
Lightning Source LLC
Chambersburg PA
CBHW060850180626
46818CB00004B/1647